Szewc i elfy

The Elves and the Shoemaker

retold by Henriette Barkow
illustrated by Jago

Polish translation by Jolanta Starek-Corile

Mantra Lingua

Żył sobie kiedyś szewc z żoną, który bardzo ciężko pracował.
Lecz mimo to gdy nastała nowa moda, ludzie nie kupowali już
jego butów. Szewc zubożał. W końcu został mu tylko jeden
kawałek skóry, który ledwo starczył mu na ostatnią parę butów.

Once there lived a shoemaker and his wife. He worked hard, but fashions
changed and people didn't buy his shoes any more. He became poorer and
poorer. In the end he only had enough leather to make one last pair of shoes.

Ciach, ciach! Szewc wyciął kawałki skóry na dwa buty.

Snip, snip! He cut out the shape of two shoes.

Pozostawił je na szewskim warsztacie, aby rankiem je pozszywać.

He left them on the workbench ready to start sewing in the morning.

Następnego dnia gdy szewc zszedł na dół po schodach, ujrzał... parę pięknie wykończonych butów. Wziął je do ręki i obejrzał, a każdy szew był starannie wykonany. „Ciekaw jestem, kto je zrobił?" – pomyślał.

The next day, when he came downstairs, he found... a beautiful pair of shoes. He picked them up and saw that every stitch was perfectly sewn. "I wonder who made these shoes?" he thought.

Właśnie wtedy do sklepu weszła pewna kobieta. – Te
buciki są prześliczne – powiedziała. – Ile one kosztują?
Szewc podał jej cenę, ale ona zapłaciła mu podwójnie.

Just then a woman came in to the shop. "Those shoes are gorgeous,"
she said. "How much are they?"
The shoemaker told her the price but she gave him twice the money
he had asked for.

Szewcowi wystarczyło teraz pieniędzy, aby kupić trochę jedzenia i następny kawałek skóry na dwie pary butów.

Now the shoemaker had enough money to buy food and some leather to make two pairs of shoes.

Ciach, ciach! Ciach, ciach!
Szewc wyciął kawałki skóry na cztery buty.

Snip, snip! Snip, snip!
He cut out the shapes of four shoes.

Pozostawił je na szewskim warsztacie, aby rankiem je pozszywać.

He left them on the workbench ready to start sewing in the morning.

Następnego dnia gdy szewc zszedł na dół po schodach, ujrzał... dwie pary pięknie wykończonych butów. „Ciekaw jestem, kto je zrobił?" – pomyślał. Właśnie wtedy do sklepu weszły dwie osoby. – Spójrz na te buty – odrzekł mężczyzna. – Jest jedna para dla ciebie i jedna dla mnie. Ile one kosztują? – zapytała kobieta. Szewc podał im cenę, ale oni zapłacili mu podwójnie.

The next day, when he came down the stairs, he found... two beautiful pairs of shoes.
"I wonder who made these shoes?" he thought.
Just then a couple came in to the shop. "Look at those shoes," said the man.
"There is one pair for you and one pair for me. How much are they?" asked the woman.
The shoemaker told them the price, but they gave him twice the money he had asked for.

Szewcowi wystarczyło teraz pieniędzy,
aby kupić więcej jedzenia i następny
kawałek skóry na cztery pary butów.

Now the shoemaker had enough money to buy more
food and some leather to make four pairs of shoes.

Ciach, ciach! Ciach, ciach! Ciach, ciach! Ciach, ciach! Szewc powycinał kawałki skóry na osiem butów. Pozostawił je na szewskim warsztacie, aby rankiem je pozszywać.

Snip, snip! Snip, snip! Snip, snip! Snip, snip!
He cut out the shapes of eight shoes. He left them on the workbench ready to start sewing in the morning.

Następnego dnia, gdy szewc zszedł na dół po schodach, ujrzał... cztery pary pięknie wykończonych butów.

„Ciekaw jestem, kto je zrobił?" – pomyślał.

Właśnie wtedy do sklepu weszła pewna rodzina. – Ojej, spójrzcie na te buty! – wykrzyknął chłopiec. – Kupimy tu parę butów dla ciebie i parę butów dla mnie – odrzekła dziewczynka. – I parę butów dla mamy i dla taty – odpowiedział chłopiec. – A ile one kosztują? – zapytali rodzice. Szewc podał im cenę, ale oni zapłacili mu podwójnie.

The next day when he came down the stairs he found... four beautiful pairs of shoes.

"I wonder who made these shoes?" he thought.

Just then a family came in to the shop.

"Wow! Look at those shoes!" said the boy.

"There is a pair for you and a pair for me," said the girl.

"And a pair for mum and a pair for dad," said the boy.

"How much are they?" asked the parents. The shoemaker told them the price, but they gave him twice the money he had asked for.

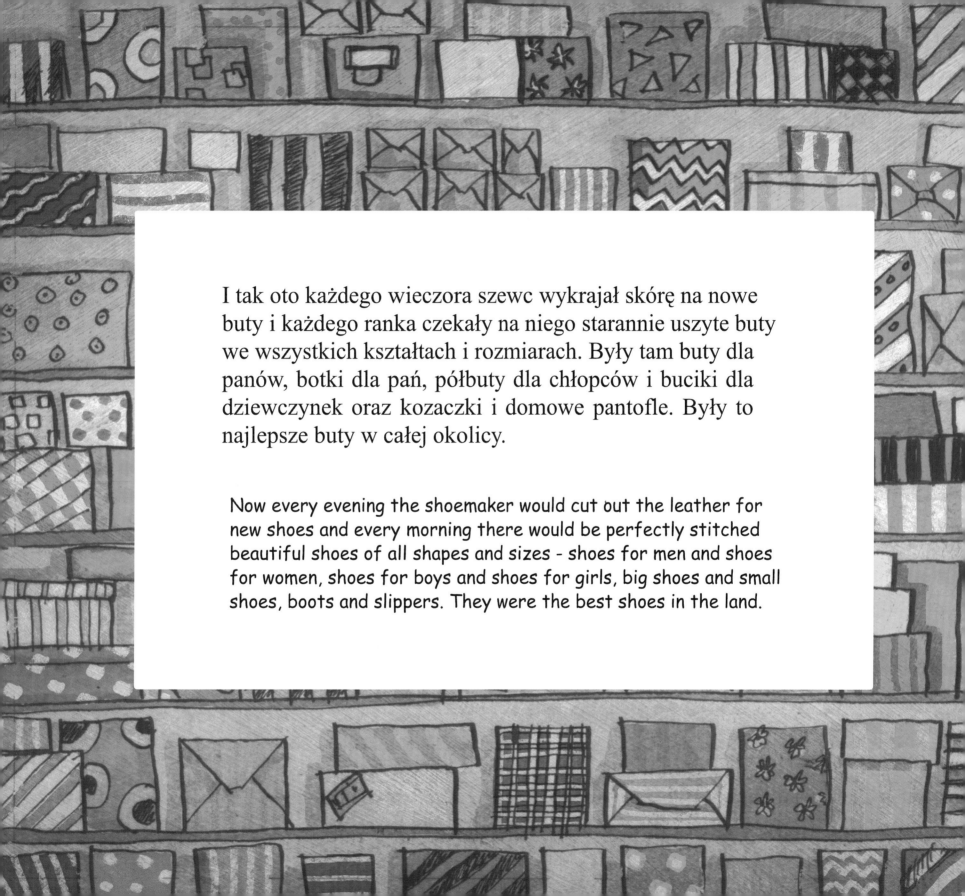

I tak oto każdego wieczora szewc wykrajał skórę na nowe buty i każdego ranka czekały na niego starannie uszyte buty we wszystkich kształtach i rozmiarach. Były tam buty dla panów, botki dla pań, półbuty dla chłopców i buciki dla dziewczynek oraz kozaczki i domowe pantofle. Były to najlepsze buty w całej okolicy.

Now every evening the shoemaker would cut out the leather for new shoes and every morning there would be perfectly stitched beautiful shoes of all shapes and sizes - shoes for men and shoes for women, shoes for boys and shoes for girls, big shoes and small shoes, boots and slippers. They were the best shoes in the land.

Gdy noce stały się dłuższe i chłodniejsze, szewc przesiadywał rozmyślając o tym, kto zajmował się szyciem jego butów.

Ciach, ciach! Ciach, ciach! Szewc wykroił kolejny kawałek skóry na następną parę butów.

– Wiem – odezwał się do swojej żony – nie kładźmy się dzisiaj spać, może dowiemy się, kto szyje nasze buty. I tak oto szewc ze swoją żoną ukryli się za regałem z butami. Dokładnie o północy pojawiły się dwa małe ludziki.

As the nights became longer and colder the shoemaker sat and thought about who could be making the shoes.

Snip, snip! Snip, snip! The shoemaker cut out the leather for the shoes.

"I know," he said to his wife, "let's stay up and find out who is making our shoes." So the shoemaker and his wife hid behind the shelves.

On the stroke of midnight, two little men appeared.

Ludziki usiadły przy szewskim warsztacie.
Świst, świst! I z zapałem zabrały się do szycia.

They sat at the shoemaker's bench.
Swish, swish! They sewed.

Stuk, puk! Stuk, puk! Poprzybijali
gwoździki, a ich malutkie paluszki
uwijały się tak szybko, że szewc
patrzył tylko ze zdziwieniem.

Tap, tap! They hammered in the
nails. Their little fingers worked
so fast that the shoemaker
could hardly believe his eyes.

Świst, świst! Stuk, puk! Malutkie elfy pracowały bez wytchnienia,
aż z każdego skrawka skóry zostały uszyte wspaniałe buty. Wkrótce potem
elfy zeskoczyły na ziemię i uciekły.

Swish, swish! Tap, tap! They didn't stop until every piece of leather had been made into shoes.
Then, they jumped down and ran away.

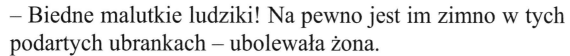

– Biedne malutkie ludziki! Na pewno jest im zimno w tych podartych ubrankach – ubolewała żona.

– Ciężko pracowały, aby nam pomóc i nie dostały w zamian żadnej zapłaty. Musimy im się jakoś odwdzięczyć.

– Ale jak możemy to zrobić? – zapytał szewc.

– Wiem – odrzekła żona. – Uszyję im ciepłe ubranka, żeby miały w co się odziać.

– A ja zrobię im buciki na ich zziębnięte, bose stópki – odpowiedział szewc.

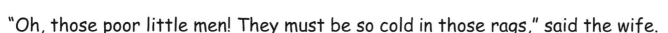

"Oh, those poor little men! They must be so cold in those rags," said the wife.
"They have helped us with all their hard work and they have nothing.
We must do something for them."
"What do you think we should do?" asked the shoemaker.
"I know," said the wife. "I will make them some warm clothes to wear."
"And I will make them some shoes for their cold, bare feet," said the shoemaker.

Następnego ranka szewc ze swoją żoną nie otworzyli sklepu, tak jak to zazwyczaj robili. Pracowali cały dzień, ale nie sprzedawali butów.

The next morning the shoemaker and his wife didn't open the shop as usual. They spent the whole day working but it wasn't selling shoes.

Klik, klik! Żona szewca
zrobiła na drutach
dwa małe sweterki.
Klik, klik! Udziergała dwie
pary wełnianych skarpetek.

Clickety, click! The shoemaker's
wife knitted two small jumpers.
Clickety, click! She knitted two
pairs of woolly socks.

Świst, świst! Świst, świst!
I uszyła dwie pary
ciepłych spodenek.

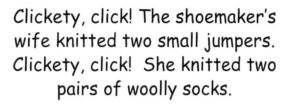

Swish, swish! Swish, swish!
She sewed two pairs of warm trousers.

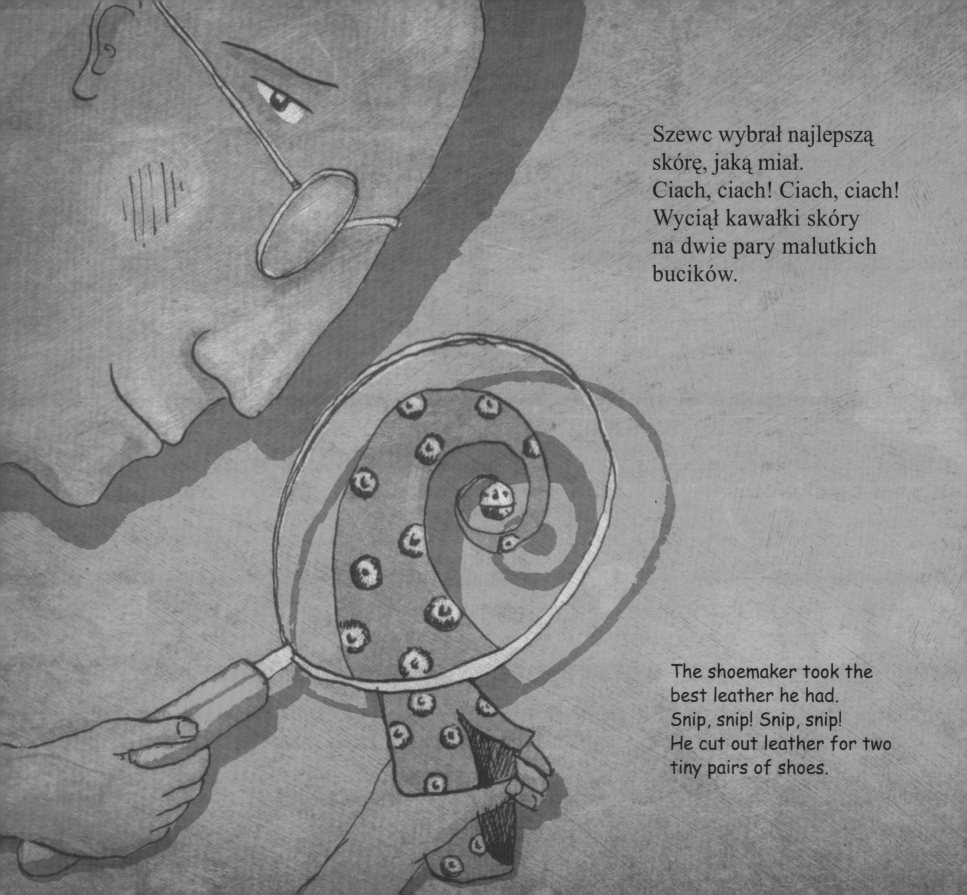

Szewc wybrał najlepszą
skórę, jaką miał.
Ciach, ciach! Ciach, ciach!
Wyciął kawałki skóry
na dwie pary malutkich
bucików.

The shoemaker took the
best leather he had.
Snip, snip! Snip, snip!
He cut out leather for two
tiny pairs of shoes.

Świst, świst! Świst, świst! Pozszywał cztery małe buciki.
Stuk, puk! Stuk, puk! A młoteczkiem poprzybijał podeszwy do każdej pary.
Były to dotychczas najlepiej wykonane przez niego buty.

Swish, swish! Swish swish! He stitched four small shoes.
Tap, tap! Tap, tap! He hammered the soles onto each pair.
They were the best shoes he had ever made.

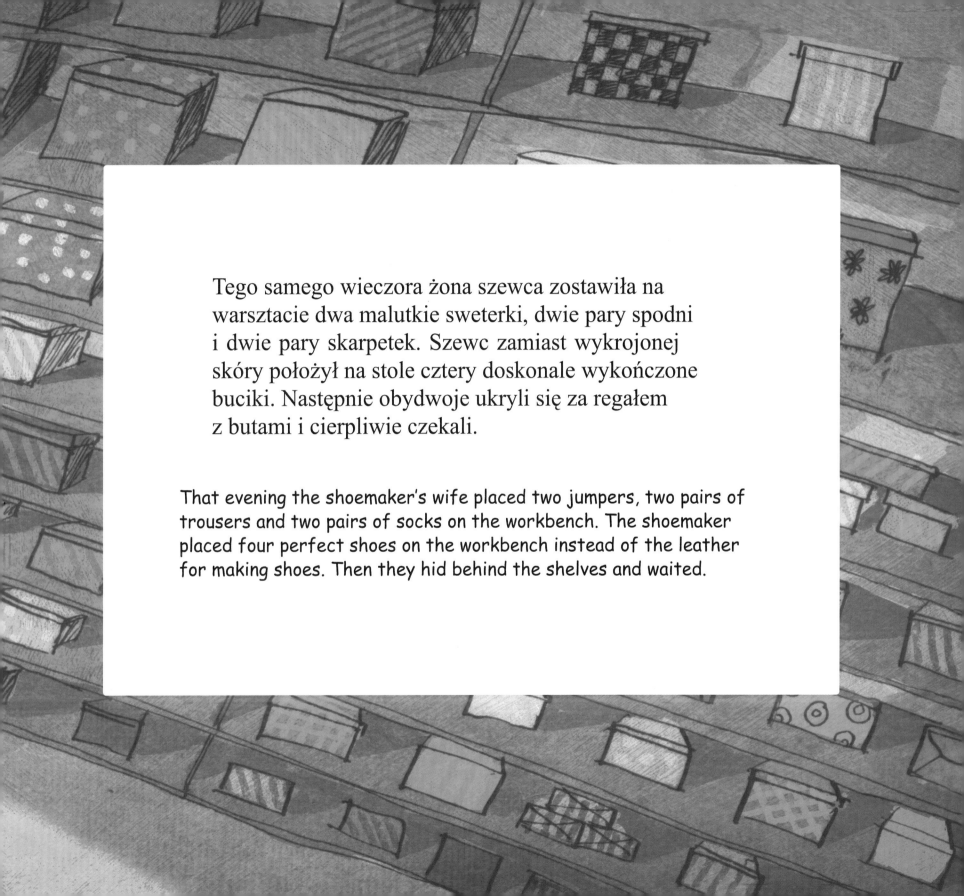

Tego samego wieczora żona szewca zostawiła na warsztacie dwa malutkie sweterki, dwie pary spodni i dwie pary skarpetek. Szewc zamiast wykrojonej skóry położył na stole cztery doskonale wykończone buciki. Następnie obydwoje ukryli się za regałem z butami i cierpliwie czekali.

That evening the shoemaker's wife placed two jumpers, two pairs of trousers and two pairs of socks on the workbench. The shoemaker placed four perfect shoes on the workbench instead of the leather for making shoes. Then they hid behind the shelves and waited.

Dokładnie o północy pojawiły się dwa malutkie efly gotowe do pracy.
Lecz gdy ujrzały porozkładane ubranka, zastygły w bezruchu i uważnie
się im przyglądały. Wkrótce potem szybciutko je nałożyły.

On the stroke of midnight the two little men appeared ready for work.
But when they saw the clothes they stopped and stared.
Then they quickly put them on.

Nie posiadając się ze szczęścia klasnęły w ręce – klap, klap!
Nie posiadając się ze szczęścia zatupały małymi
stopkami – tup, tup!
Tańczyły po całym sklepie i tańcząc wybiegły na ulicę.
Lecz dokąd się udały, nigdy się nie dowiemy.

They were so happy they clapped their hands - clap clap!
They were so happy they tapped their feet - tap tap!
They danced around the shop and out of the door.
And where they went we'll never know.

Key Words

English	Polish	English	Polish
elves	elfy	sewing	szycie
shoemaker	szewc	making	wykonywanie, robienie
wife	żona	gorgeous	cudowny, prześliczny
shop	sklep	price	cena
fashions	moda	money	pieniądze
shoe	but	cut out	wycinać, wykrajać
shoes	buty	stitch	zszywać
poor	ubogi, biedny	day	dzień
leather	skóra	morning	rano
pair	para	evening	wieczór
workbench	warsztat szewski	nights	noce

Słowniczek

midnight	północ	socks	skarpetki
		clapped	klasnęły
stay up	nie kłaść się spać	tapped	tupnęły
hammered	przybity młotkiem	danced	zatańczyły
rags	podarte ubranka		
cold	zimny, zziębnięty		
bare	bose		
soles	podeszwy		
knitted	zrobiony na drutach		
jumper	sweter, sweterek		
trousers	spodnie, spodenki		

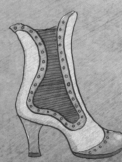
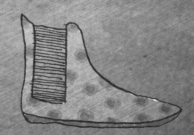

The books on this page have been Pen enabled.
Please touch the Pen to the left hand corner of the page for further information on language availability
or visit www.mantralingua.com

TalkingPEN™

Ali Baba and the Forty Thieves

Enebor Attard
Richard Holland

Arabic & English

Неужели опять, Красная Шапочка!
Not Again, Red Riding Hood!
Kate Clynes & Louise Daykin

Russian & English

Ricitos de Oro y los tres ositos
Goldilocks and the Three Bears

Kate Clynes
Louise Daykin

Spanish & English

LA PETITE POULE ROUGE ET LES GRAINS DE BLE
The Little Red Hen and the Grains of Wheat
L. R. Hen
Jago

French & English

LION FABLES
by JAN ORMEROD

三隻山羊加菲
The Three Billy Goats Gruff
Henriette Barkow
Illustrated by Richard Johnson

Chinese & English

اللفتة العملاقة
The Giant Turnip

Adapted by Henriette Barkow
Illustrated by Richard Johnson

Arabic & English

Beowulf
Adapted by Henriette Barkow
Illustrated by Alan Down

German & English

The Children of Lir
Dawn Casey & Diana Mayo

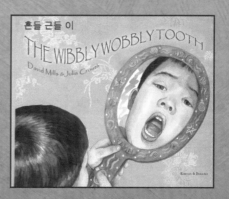
흔들 근들 이
THE WIBBLY WOBBLY TOOTH
David Mills & Julia Crouth

Korean & English

For Geraldine, Joe, Naomi,
Eddie, Laura and Isaac
M.R.

For Amelia
H.O.

Published by arrangement with
Walker Books Ltd, London
Dual language edition first published 2000
by Mantra Lingua Ltd
Global House, 303 Ballards Lane, London N12 8NU
www.mantralingua.com

Text Copyright © 1989 Michael Rosen
Illustrations Copyright © 1989 Helen Oxenbury
Dual Language Text Copyright © 2000 Mantra Lingua

This edition 2014

Printed in Letchworth UK FP251014PB11147181

Waxaannu Soo Ugaadhsanaynaa Madaxkuti

We're Going on a Bear Hunt

Retold by
Michael Rosen

Illustrated by
Helen Oxenbury

MANTRA
LINGUA

Waxaannu soo ugaadhsanaynaa madaxkuti (biyar).
Waxaannu qabsandoonnaa midwayn.
Waa maalin wanaagsan!
Ma baqayno.

We're going on a bear hunt.
We're going to catch a big one.
What a beautiful day!
We're not scared.

Uuh-uuh! Caws!
Caws dheer oo lulmaya.
Ka dul tallaabsan karimayno.
Kana hoos dusi karimayno.

Uh-uh! Grass!
Long wavy grass.
We can't go over it.
We can't go under it.

Ooh maya!
Waa inaynu dhexmarnaa!

Oh no!
We've got to go through it!

Buquuf baqaaf!
Buquuf baqaaf!
Buquuf baqaaf!

Swishy swashy!
Swishy swashy!
Swishy swashy!

Waxaannu soo ugaadhsanaynaa madaxkuti.
Waxaannu qabsandoonnaa midwayn.
Waa maalin wanaagsan!
Ma baqayno.

We're going on a bear hunt.
We're going to catch a big one.
What a beautiful day!
We're not scared.

Uuh-uuh! Webi!
Webi qotodheer oo biyoqabaw.
Ka dul tallaabsan karimayno.
Kana hoos dusi karimayno.

Uh-uh! A river!
A deep cold river.
We can't go over it.
We can't go under it.

Ooh maya!
Waa inaynu dhexmarnaa!

Oh no!
We've got to go through it!

Biyo batalaq!
Biyo batalaq!
Biyo batalaq!

Splash splosh!
Splash splosh!
Splash splosh!

Waxaannu soo ugaadhsanaynaa madaxkuti.
Waxaannu qabsandoonnaa midwayn.
Waa maalin wanaagsan!
Ma baqayno.

We're going on a bear hunt.
We're going to catch a big one.
What a beautiful day!
We're not scared.

Uuh-uuh! Dhoobo!
Dhoobo badanoo jilicsan.
Ka dul tallaabsan karimayno.
Kana hoos dusi karimayno.

Uh-uh! Mud!
Thick oozy mud.
We can't go over it.
We can't go under it.

Ooh maya!
Waa inaynu dhexmarnaa!

Oh no!
We've got to go through it!

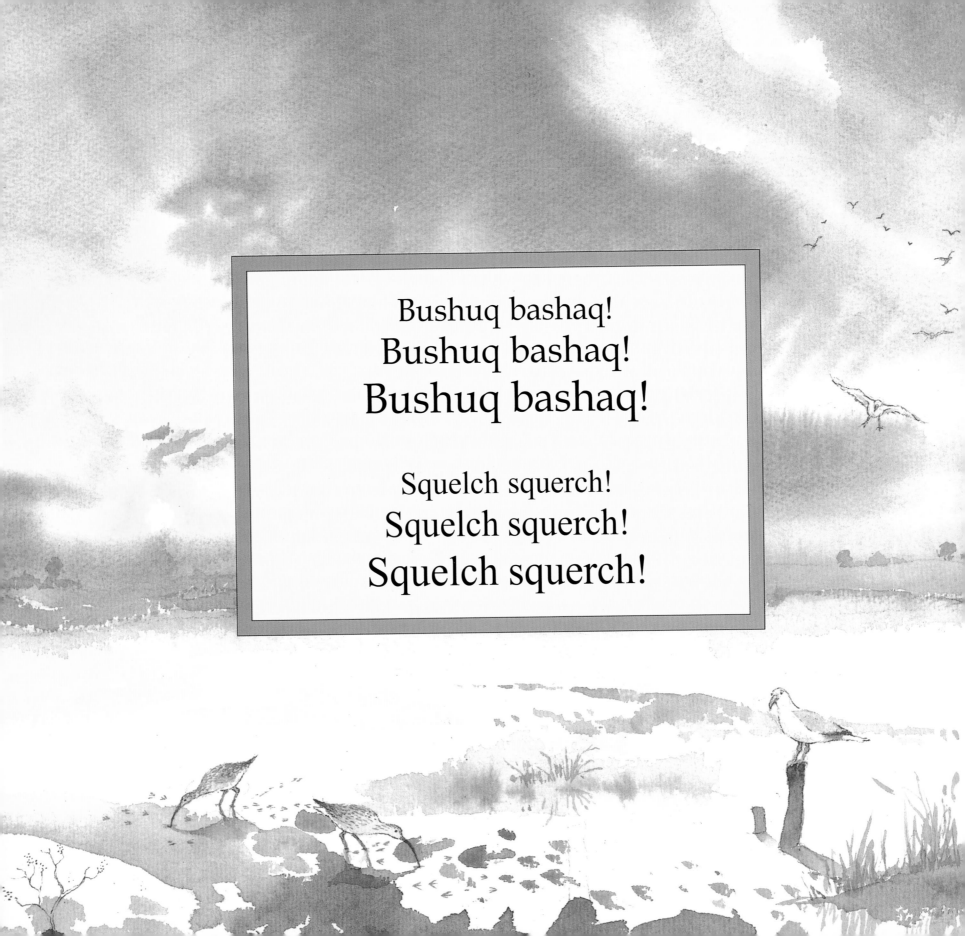

Bushuq bashaq!
Bushuq bashaq!
Bushuq bashaq!

Squelch squerch!
Squelch squerch!
Squelch squerch!

Waxaannu soo ugaadhsanaynaa madaxkuti.
Waxaannu qabsandoonnaa midwayn.
Waa maalin wanaagsan!
Ma baqayno.

We're going on a bear hunt.
We're going to catch a big one.
What a beautiful day!
We're not scared.

Uuh-uuh waa kayn!
Waa kayn jiq ahoo madaw.
Ka dul tallaabsan karimayno.
Kana hoos dusi karimayno.

Uh-uh! A forest!
A big dark forest.
We can't go over it.
We can't go under it.

Ooh maya!
Waa inaynu dhexmarnaa!

Oh no!
We've got to go through it!

Kuf oo kac!
Kuf oo kac!
Kuf oo kac!

Stumble trip!
Stumble trip!
Stumble trip!

Waxaannu soo ugaadhsanaynaa madaxkuti.
Waxaannu qabsandoonnaa midwayn.
Waa maalin wanaagsan!
Ma baqayno.

We're going on a bear hunt.
We're going to catch a big one.
What a beautiful day!
We're not scared.

Uuh-uuh dabayl baraf wadata!
Dabayl baraf wadata oo wareegaysa.
Ka dul tallaabsan karimayno.
Kana hoos dusi karimayno.

Uh-uh! A snowstorm!
A swirling whirling snowstorm.
We can't go over it.
We can't go under it.

Ooh maya!
Waa inaynu dhexmarnaa!

Oh no!
We've got to go through it!

Huuu wuuu!
Huuu wuuu!
Huuu wuuu!

Hooo woooo!
Hoooo woooo!
Hoooo wooo!

Waxaannu soo ugaadhsanaynaa madaxkuti.
Waxaannu qabsandoonnaa midwayn.
Waa maalin wanaagsan!
Ma baqayno.

We're going on a bear hunt.
We're going to catch a big one.
What a beautiful day!
We're not scared.

Uuh-uuh! Waa hog!
Waa hog cidhiidhi ah oo madaw.
Ka dul tallaabsan karimayno.
Kana hoos dusi karimayno.

Uh-uh! A cave!
A narrow gloomy cave.
We can't go over it.
We can't go under it.

Ooh maya!
Waa inaynu dhexmarnaa!

Oh no!
We've got to go through it!

Cidhibso!
Cidhibso! Cidhibso!
WAA MAXAY WAXAASI?

Tiptoe!
Tiptoe! Tiptoe!
WHAT'S THAT?

San dhalaalaya oo qoyan!
Laba dhegood oo waawayn oo timo leh!
Laba indhood oo waawayn oo ku eegaya!
WAA MADAXKUTI!!!!

One shiny wet nose!
Two big furry ears!

Two big goggly eyes!

IT'S A BEAR!!!!

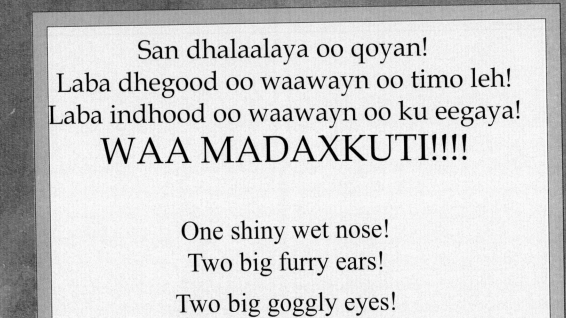

Dhaqso! Dib uga baxa hogga! Cidhibso! Cidhibso! Cidhibso!

Quick! Back through the cave! Tiptoe! Tiptoe! Tiptoe!

Dib u dhexmara dabaysha barafka wadata! Huuuu wuuuu! Huuuu wuuuu!

Back through the snowstorm! Hoooo wooooo! Hoooo wooooo!

Dib u dhexmara kaynta! Kuf oo kac! Kuf oo kac! Kuf oo kac!

Back through the forest! Stumble trip! Stumble trip! Stumble trip!

Dib u dhexmara dhoobada! Bushuq bashaq! Bushuq bashaq!

Back through the mud! Squelch squerch! Squelch squerch!

Dib u dhexmara webiga! Biyo batalaq! Biyo batalaq! Biyo batalaq!

Back through the river! Splash splosh! Splash splosh! Splash splosh!

Dib u dhexmara cawska! Buquuf baqaaf! Buquuf baqaaf!

Back through the grass! Swishy swashy! Swishy swashy!

Albaabka hore gaadh.
Albaabka fur. Xagga sare u bax.

Get to our front door.
Open the door. Up the stairs.

Ooh maya! Waxaynu illawnay
inaynu xidhno albaabka hore.
Dib hoosta ugu daadega.

Oh no! We forgot to shut the front door.
Back downstairs.

Albaabka xidh. Xagga sara
ku noqda.
Qolka hurdada gala.

Sariirta gala.
Bustaha hoosta kagala.

Shut the door. Back upstairs.
Into the bedroom.

Into bed.
Under the covers.

Mardambe madaxkuti soo ugaadhsanmayno.

We're not going on a bear hunt again.